Rebecca Lavinia White

Flodders? Oh nein, es gibt schlimmeres!

An einem schönen Mai Tag ist meine Familie und ich umgezogen. Wir hatten eine sehr schöne vier Zimmer Wohnung und freuten uns auf eine neue Umgebung mit dem Wald vor der Tür und alles schöne was man sich denken kann. Als der Umzug beendet war und meine Familie das letzte Möbelstück an seine Stelle kam wofür es gedacht war machten wir die Wohnungstür zu und setzten uns erst einmal hin. Wir ruhten uns aus von dem ganzen Stress. Und glaubten das wir hier in einer Art Paradies wohnten. Doch das sollte sich bald ändern. Neben uns wohnte eine Familie aus Griechenland die war sehr verschlossen fremden gegenüber. Unter uns wohnte eine Familie aus der Türkei. Sie waren eigentlich sehr nett, denn als wir sie später kennenlernten befreundeten sich unsere Kinder mit den jungen Leuten die zu der Familie gehörten. Dann waren da noch zwei Deutsche Ehepaare über die wir später viel zu lachen hatten. Soviel zu lachen das wir wegen ihnen eines Tages wieder ausziehen mußten. Der Mann war Geistig nicht normal. Er hatte so viel Unarten an sich das man den Fernseher auslassen konnte um aus dem Fenster zu schauen um sich zu amüsieren. Seine Frau war auch geistig nicht normal. Und so machten alle Leute manchmal Schabernack mit ihr. Es war aber auch zu komisch. Trotzdem sie geistig nicht normal war ist sie so stolz gewesen und glaubte tatsächlich alles was man ihr sagte. Und so auch der Ehemann von ihr. Als wir sie näher kennen gelernt hatten war es uns ein Spass gewesen die beiden des öftern aufs Korn zu nehmen.Und hier folgt schon der erste Streich.

Meine Tochter schickte ich zum einkaufen wo auch die Frau einkaufen ging.

Bevor es dazu kam ging meine Tochter zu ihr und lud sie zu uns ein. Als sie dann zu uns kam fragte sie ob sie uns was mitbringen soll. .Nein sagte ich aber meine

Tochter ist dort schon im Geschäft sage ihr doch bitte sie soll noch Brot mitbringen. Ich bat sich Platz zu nehmen und das tat sie auch. Sie zog ihre Jacke aus die zwei große Taschen hatte und hängte sie an die Garderobe. Meine andere Tochter hatte ich beauftragt zwei Stinkbomben in jeweils der einen und er anderen Tasche zu zerdrücken. Damit man es nicht merkte sagte ich dann zu der Frau ach ich habe Kopfschmerzen ich müsse mich hinlegen. Sie zog ihre Jacke an

die jetzt schon einen Geruch abgaben das einem übel wurde. Das sie sich nie wusch stank es doppelt so schlimm.Sie ging einkaufen in das Geschäft wo auch meine Tochter war. Als sie dort war beobachtete meine Tochter die Frau. Aber alles was sie sah ist das die Leute ihr schnellstens aus dem Weg gingen. Sie hatten soviel Platz und brauchte auch an der Kasse nicht zu warten. Die Frau an der Kasse tippte so schnell sie nur konnte mit einer Hand und zugehaltener Nase

Als sie aus dem Laden ging lief die Verkäuferin knapp hinter ihr her um sämtliche Ladentüren zu öffnen damit frische Luft hereinkäme und der Gestank

abziehen konnte der inzwischen in der Luft stand.Meine Tochter sagte mir das sie sich bald buckelig lachte als sie das sah. Zumal die Frau nicht mal etwas merkte das sie stank bis zum geht nicht mehr. Es war schon sehr komisch. Meine Tochter und ich haben uns noch mehr Streiche ausgedacht. Da wir gerne lachten

und auch mal Blödsinn machten und das des öftern kam es uns fast so vor wie bei

Max und Moriz. Ständig lagen wir auf der Lauer wie wir die beiden noch anführen konnten. Aber uns fiel immer etwas ein.das der Mann arbeitslos war und nur den ganzen Tag vor dem Fernseher sitzte habe ich ihn dann mal holen lassen um mit ihm über ein Arbeitsangebot zu sprechen das ich angeblich bekommen hätte. Die Frage war, nimmt er auch die Arbeit an.Die Antwort kam schnell ja er wollte die Arbeit annehmen.Und so sagte ich zu ihm das eine Firma

Leute suchen würde die die Dächer abkehren könnten. Wegen dem Staub und Schmutz das sich darauf bilden würde. Und so gab ich ihm einen Adresse. Er ging dort tatsächlich hin und stellte sich als der neue Dächerabkehrer vor. Es war die Firma meines Mannes in der er sich vorstellte. Als er das so fröhlich aussprach

ertönte ein Gelächter im Büro meines Mannes. Die Arbeiter die dort anfangen wollten zu arbeiten lachten sich alle schief. Selbst als sie auf das Dach stiegen um ihre Arbeit zu verrichten lachten sie noch darüber. Doch der Chef meines Mannes sagte nur. ..Das war doch bestimmt wieder eine Idee Deiner Frau. .

Der Nachbar der sich als Dächerabkehrer vorstellen wollte ist dann höflich abgewiesen worden mit den Worten wir haben keinen Job zu vergeben. Wir kehren unsere Dächer selber ab.diese Worten ließen die Mannschaft im Raum wieder schallend lachen. Als er zu Hause war kam er doch glatt zu mir und fragte mich ob ich nicht einen anderen Job für ihn wüßte denn die hätten ihre eigenen Dächerabkehrer. Ich mußte mir das Lachen verbeissen. Aber ich tröstete ihn mit den Worten sicher weiß ich noch was aber jetzt hätte ich keine Zeit er soll am nächsten Tag wieder kommen dann könnten ich ihm bestimmt helfen. Und so kam er dann tatsächlich am nächsten Mittag und fragte mich ob ich einen Job wüßte den er ausführen könnte. Meine Tochter und ich haben uns schon Tags zuvor ausgedacht was man ihm anbieten könnte. Also sagte ich ihm geh zu dem neuen Förster hier im Ort. Er sucht dringend Leute die im Wald bei speziellen Bäumen die Tannennadeln gezählt werden müßten ob der Bestand noch vollzählig sei. Aber man dürfe sich da nicht verzählen. Er bekäme auch einen guten Lohn dafür. Und so zog er los ging zu dem neuen Förster und stellte sich als der neue Tannennadel Zähler vor. Wir kannten den Förster er war unsere guter Freund. Und er wußte auch schon wer ihn geschickt hatte. Und so sagte er zu dem Mann das er keinen Tannennadelzähler brauchte aber er könnte ihm im Haus

Privat helfen. Und so bekam er tatsächlich eine Job bei dem Förster. Aber schon am dritten Tag war er zu faul zum arbeiten und schmiß den Job wieder hin.

Er saß den ganzen Tag vor dem Fernseher und brüllte seine Frau an.Sie mußte alles tun was er wollte. Abends wenn er allein sein wollte sagte er zu ihr. .Verschwinde in Dein Bett und nimm den Wecker mit. Sie nahm dann die Uhr und ging in ihr Bett. Den Wecker nahm sie immer mit weil sie am nächsten Morgen pünktlich aufstehen mußte um sein Frühstück zu machen. Er duldete

keinen Widerspruch. Er hatte einen langen Speer, mit dem bewarf er seine Wohnungstüren. Die waren so voller Löcher das man schon in die Wohnung reinschauen konnte um die Leute zu beobachten. Meistens hatten sie kein Geld

da schickte dieser Mann sie überall um zu borgen und wehe sie kam ohne was nach Hause da setzte es was. Er konnte schon ganz schön schlimm sein vorallem wenn er keine Zigaretten hatte. Einmal kam sie zu uns und sagte sie würde gerne ein Kind haben aber es würde nicht klappen. Ich sagte ihr das sie bei offenem Fenster zusammen schlafen müssten aber immer mit dem Kopf zum Mond drehend. Nicht einmal dürften sie nach unten schauen. Da sie im Erdgeschoß wohnten ist meine

Tochter und ich dann runtergegangen und haben sie beobachtet. Die halbe Nacht lang haben sie einfach nur dagelegen und haben den Mond angestarrt. Ohne einmal weg zu schauen. Schon am nächsten Tag kam die Frau zu mir und sagte sie hätten alles so gemacht wie ich es gesagt hätte. Da ich aber wußte das sie nur neben einander gelegen haben konnte ja nichts passiert sein. Sie waren tatsächlich entweder zu dumm um miteinander zu schlafen oder sie wollten nicht aber das konnte ich mir nicht vorstellen. Denn sie müßten ja steife Hälse haben nachdem sie fast die ganze Nacht lang in den Mond gestarrt hatten um ein zu zeugen. Man kann sich gar nicht vorstellen was das für Leute waren. Nach dem ein paar Wochen herum waren kam er wieder zu mir und fragte erneut nach einem Job. Ich glaube da ließ ich einen Hammer von Antwort los.

Ich sagte zu ihm. Du gehst doch sowieso nicht gerne arbeiten. Und bei Deiner Intelligenz könntest Du doch Rechtsanwalt werden. Du läßt Dir einfach ein schönes großes Schild anfertigen das Du hier der neue Rechtsanwalt vom Ort bist was sagst Du dazu ? Er war so hoch erfreut über den Gedanken das er sich schon als President vor kam.Ich ließ eine Zeit vergehen und dachte mir was wird da jetzt rauskommen. Oh je..

Nach ca vierzehn Tagen kam er mit einem vergoldeten Schild an das hatte etwa

10

die größe 70 x 50 cm und darauf stand dann...Hier wohnt der neue Rechtsanwalt

und Notar Polizeiüberwachungsdienst und Panzerkontrolle Hauptkommissar und Gerichtsvollzieher und Richter von so und so..Den Namen möchte ich nicht nennen. ..Wer aber das Buch liest weiß wen ich meine. .Denn diese Menschen in der Nachbarschaft haben es ja alles miterlebt. Als wir das sahen sind wir alle

samt bald in Ohnmacht gefallen vor Lachen. Aber er brachte das Schild an seiner Wohnungstür an. Und kam von selber auf die Idee eine Annonce aufzugeben

in dem das selbe stand. Tatsächlich kamen dann Leute zu ihm aber die kamen sich

vor wie nicht gescheit und sind dann ganz schnell wieder gegangen. Sie zeigten

ihn sogar bei der Polizei an die dann kamen. Doch er wurde nicht bestraft denn zu dieser Zeit gab es noch den Paragraphen 51. Ich selber wunderte mich nur wer denn so ein Schuld angefertigt hatte. Als es rauskam hatte dieser Mann der das Schild angefertigt hatte gedacht es sei ein Spass für einen Gag oder so wie er sagte. Der Mieter mußte das Schild wegmachen und durfte es nie wieder anbringen.Nachdem wir wußten das die beiden früh schlafen gingen haben wir dann wieder Ärger gemacht indem wir mindestens 15 Pizzerien anriefen udn dort Pizzas bestellten die geliefert werden sollten. Und nun ging es los eine Pizza nach der anderen kam. Und man hörte im Haus nur ich habe nichts bestellt. Die Pizza Autos standen schon Schlange aber keiner bekam sein Geld.Und sie wurde ganz schön sauer weil sie fünfzehn mal aufstehen mußte um die Tür sinnlos aufzumachen.

Nicht lange danach kam er doch tatsächlich wieder zu mir und sagte ich brauche Geld ob ich ihm helfen könnte. Mit einer Flasche Bier in der Hand und einer Zigarette im Mund die er fallen ließ weil er fast betrunken war schickte ich ihn runter. Dann kam er am nächsten Tag wieder. Und er hatte schon wieder etwas getrunken aber er war nicht betrunken. Und so sagte ich zu ihm das bei der Post ein Geldgeschenk geben würde wer zuerst seinen Telefonhörer dort abgibt.

Und so schnitt er den Telefonhörer von seinem Telefon ab und lief eilend zur Post

Meine Tochter und ich rasten hinterher und beobachteten ihn. Er war in der Post

und dort sagte er. .ich bin der erste also habe ich das Geld gewonnen. Die Frau am Schalter lachte und fragte was für Geld ? Er erkläre das man ihm sagte das ein Wettbewerb bei der Post wäre, derjenige der zuerst seinen Telefonhörer abgeben

würde der bekäme dann das Geld. Die Frau sagte es tu mir Leid aber da war schon einer da..Sie grinste und machte den Schalter zu damit er verschwinden würde.Das tat er auch. .Meine Tochter und ich fuhren nach Hause.

Nach ein paar Tagen kam er wieder zu mir und fragte ob ich einen Job wüßte den er ausüben könnte. Mich wunderte es jedesmal das er nichts dazu sagte wenn er vergebens überall hinging. Man darf hier nicht vergessen das er ein Choleriker war der seine Frau manchmal sehr schlecht behandelte. Und so fanden wir das er ab und zu mal einen Dämpfer aufgesetzt bekommen müßte. Ehe ich noch zu Wort kam sagte er von selber das er jetzt mit seinem Telefon Geld verdienen würde. Ich fragte wie denn ? Ganz einfach sagte er ich lasse die Leute bei mir

Telefonieren ich habe eine lange Liste von Ländern und Städten gemacht wegen den Gebühren. Ich fragte ihn was für Gebühren ? Da antwortete er sieh mal ich habe hier die Liste mitgebracht da kannst Du auch mal anrufen. Auf der Liste stand nah 5 Mark und weit 10 Pfennig. Und andere Länder und Städte von ihm benannt. Mit anderen Worten konnte man nach China für 10 Pfennig anrufen und

für ein Ortsgespräch 5 Mark bezahlen. Da ich selber Telefon hatte dachte ich nicht im Traum daran bei ihm telefonieren zu gehen. Wir hatten nur unseren Spass mit so einem Menschen der es aber auch schaffte seine Frau so zu drangsalieren das sie des öftern blaue Flecken hatte. Aber da konnte man nicht helfen.Und sie ließ sich auch nicht helfen. Aber es gab Leute die gingen tatsächlich bei anrufen und nutzten seine Dummheit aus. Und so bekam er das Telefon gesperrt. Weil er viele Schulden bei der Telefongesellschaft hatte.

Es vergingen ein paar Wochen dann kam er wieder zu mir. .Im Moment fällt mir nichts ein sagte ich aber Du kannst Morgen wiederkommen bis dahin werde ich schon was gefunden haben. Dann am nächsten Morgen sagte ich ihm das es ein

Wettbewerb geben würde. . Und was soll ich tun fragte er ? Du sollst die Rathauswand Nachts anstreichen. Mit einer schönen Farbe und wer es am schnellsten und am besten gemacht hat der bekommt dann einen dicken Preis.

Es dauerte nicht lange da sahen wir das er mit einem Eimer und mehreren Dicken

Pinseln in Richtung Rathaus ging um dort wie er sagte die schönste Wand anzumalen.Wer doch gelacht sagte er wenn das nicht diesmal klappen würde.

Er nahm eine große Leiter auf seinen Schultern mit. Und so stellte er die Leiter an die Rathauswand und fing an darauf loszupinseln. Es dauerte nicht lange da hörte man eineSirene. Und der Mann wurde verhaftet. Man ließ ihn aber am nächsten Tag wieder frei weil man nichts gegen ihn unternehmen konnte. Aber seine Frau konnte wenigstens mal schlafen ohne von ihm Tyrannisiert zu werden.

Sprach man sie mal darauf hin an sagte sie nur, mein Mann kann mit mir machen was er will es würde uns nichts angehen. An eine besondere Tat kann ich mich erinnern weil diese wie mir scheint der Höhepunkt dieser Leute war.Wir wohnten damals in dem selben Haus und dort war eine Holztreppe die immer nach dem Putzen frisch gewachst werden mußte. Als mein Mann und ich einmal ausgegangen waren kamen wir des Nachts wieder nach Hause. Als wir

dann die Treppe hoch gehen wollten kamen uns plötzlich Eierkohlen entgegen

die vom dritten Stock aus runterkullerten. Wir sahen das der Ehemann von

dieser Frau auf dem Kohlensack heruntergerodelt kam. Ich wußte nicht ob ich jetzt lachen sollte oder wütend sein weil meine Schuhe und Hosen verschmutzt waren.Denn der ganze Kohlenstaub war im Haus verteilt. Der Mann sagte nur

Huch das wollte ich nicht aber wir haben gedacht das es viel besser wäre wenn wir die Kohlesäcke direkt in die Wohnung hoch tragen würden dann brauche ich nicht mehr in den Keller gehen und kann endlich mal länger ausschlafen.

Wir standen wie angewurzelt da und fingen jetzt wirklich anzu lachen. Keiner konnte es unterlassen sich vor lachen zu biegen.Sie holten tatsächlich die schweren Kohlensäcke des Nachts in den dritten Stock. Aber nun war hier ein

wütendes Mietervolk die sich in ihrem Schlaf gestört fühlten. Als sie aus ihren Wohnungen kamen lag gleich der schmutzige Kohlenstaub auf ihren sauberen

Schlafanzügen. Man kann sich selber vorstellen wie die anderen Mieter da reagierten. Und schon war der Krach im Haus. Man holte die Polizei und brüllte im Haus herum. Während dessen bin ich dann mit meinem Mann

dann in unsere Wohnung geschlichen um diesen Merkwürdigen Vorkommnissen aus dem Weg zu gehen. Die Frau mußte von oben bis unten Die Treppe putzen. Und als wir glaubten das nun Ruhe wäre haben wir gehört

das sich im Treppenhaus wieder etwas zuträgt. Wir machten die Tür auf und

sahen das der Ehemann weitermachte die Kohlensäcke in die Wohnung zu schleppen. Wir machten schnell die Tür zu damit wir davon nichts mehr mitbekamen. Gegen drei Uhr Morgens polterte es schon wieder so laut das das ganze Haus wach wurde. Der Mann ist doch tatsächlich noch einmal ausgerutscht und schon wieder rutschten und polterten ganze Briketts die Treppen herunter. Wir sahen nur noch das der Mann mit samt den Briketts

die Treppe herunter rutschte. Wieder gingen die Türen auf. Und man holte die Polizei. Diesmal sagten die Bewohner des Hauses das sie dafür Sorge tragen würden das die beiden gekündigt bekommen würden. Das Treppenhaus war noch lange so schmutzig das sich keiner traute das Geländer anzufassen, oder an den Wänden entlang zu gehen ohne sich seine Kleider zu verschmutzen.

Die beiden bekamen eine letzte Abmahnung wenn so etwas wieder vorkäme müßten sie aus der Wohnung ausziehen. Und die Kohlen und Briketts müssten alle in den Keller zurück. Aber sie weigerten sich. Darauf kam jemand von der Stadtverwaltung und mahnte sie an. Als Antwort gab der Mann nur. Ich denke gar nicht daran die schweren Säcke wieder in den Keller zu bringen. Ich stehe doch nicht jeden Morgen um 6 Uhr auf um Kohlen zu holen da habe ich was besseres zu tun. Der Beamte fragte und was ist mit dem verschmutzten Treppenhaus ? Er antwortete darauf wenn meine Frau heute Mittag aufsteht sage ich ihr das sie noch mal putzen soll. Ich bitte darum sagte der Beamte.

Aber die Kohlen und Briketts kommen in den Keller zurück. Sonst währen wir gezwungen Ihnen das Mietverhältnis zu kündigen.Der Mann sagte frech ach haun Sie ab ich will schlafen ich habe schließlich die ganze Nacht Kohlen geschleppt. Der Beamte schien empört zu sein aber er ging. In der nächsten Nacht war der Höhepunkt perfekt. Es war etwa zwei Uhr Morgens da gab es Schläge das man meinen könnte das Haus würde einstürzen.Man rief wieder die Polizei. Als diese kamen klingelten sie Sturm bei den beiden. Barsch fragten sie was der fürchterliche Krach in der Wohnung um zwei Uhr Morgens sollte ?

Der Mann sagte ich hacke Holz das sehen Sie doch. .! Hier in der Wohnung fragten die Polizisten ? Na wo denn sonst sagte er. Im Keller ist es zu kalt oder glauben Sie ich will mich erkälten ! Der eine Polizist sagte Sie hören jetzt sofort damit auf oder wir nehmen Sie mit. Die Leute hier im Haus finden ja keine Ruhe mehr wegen Euch beide. . Der Mann fragte warum denn das ist doch nichts schlimmes ich habe doch nur ein paar Holzstücke klein gemacht als Brennholz das habe ich schließlich gebrauchtich hatte keine Kohlenanzünder mehr. Wie bitte fragte der Polizist, nur weil Sie keine Kohlenanzünder mehr hatten fangen Sie Nachts an Holz zu hacken ? Zeigen Sie doch mal was Sie zerhackt haben. Der Mann sagte ach nur den Schrank da der gefiel uns sowieso

nicht mehr ich habe jetzt eine Menge Holz. .Der Polizist sagte dann Sie hören damit sofort auf. Jetzt ist aber Ruhe ist das klar ! Ja ist gut sagte der Mann dann mache ich morgen früh weiter. Sie machen hier gar nicht weiter in einer Wohnung ist das klar. Wenn Sie Holz hacken wollen gehen Sie in den Keller dafür ist er da noch eimal stören Sie die Leute dann nehmen wir Sie mit !

Sie gingen und dann war endlich Ruhe im Haus. Am nächsten Tag habe ich die Frau beim einkaufen getroffen sie sagte sie mache heute Steaks zu Mittag

und Sauerkraut.   Ich fragte sie Steaks und Sauerkraut das passt doch gar nicht

gleich donnerte sie los,mein Mann isst das aber gerne. .Und danach gibt es Torte.   Oh Mann dachte ich ich das kann Bauchweh geben. Am späten Nachmittag klingelte es Sturm bei uns an der Tür..Die Frau stand aufgeregt vor der Tür und sagte können Sie mir helfen. .?Was ist los fragte ich ?..Sie sagte ihr Mann hätte schreckliche Bauchschmerzen ob ich ein Mittel hätte. Ich hatte eine große Flasche Rizinuss Öl die gab ich ihr mit den Worten nur ein bis zwei Esslöffel nicht mehr.Die kannst Du behalten ich brauche sie nicht mehr..Danke sagte sie und ging. In der Nacht hörte man alle 3 Minuten die Toilette spülen und so ging es die ganze Nacht durch bis in den Mittag hinein. Ich ging zu ihr und wollte sie fragen ob das Mittel geholfen hat. Das sagte sie ja das hat es aber die Flasche ist leer. Wieso leer fragte ich ? Sie sagte mein Mann hat die ganze Flasche leer getrunken weil er schlimme Bauchschmerzen hatte da dachte er er müßte lieber alles nehmen damit es schnell wirkt. Ich mußte grinsen aber der Mann war nun kuriert. Er war bestimmt achtzig mal auf der Toilette wie sie mir sagte. Der nimmt bestimmt kein Rizinuss Öl mehr dachte ich so bei mir.Am nächsten Tag traf ich se wieder sie sagte mir das sie heute Schnitzel backen würde und wieder mit Sauerkraut. Ich sagte ihr das soll sie lieber nicht machen

Doch sie sagte er isst das eben gerne und will es auch so.Anscheinend wollte sie ihn damit überraschen. Doch er machte das Fenster auf und warf das Sauerkraut einfach mit samt dem Schnitzel aus dem Fenster. Das Sauerkraut landete auf dem Dach des Autos von Hausmeister.Der kam dann wütend zu den unmöglichen Leuten und forderte sie auf das Sauerkraut von seinem Autodach zu entfernen. Das Schnitzel klebte

an der Autoscheibe. Der Mann brüllte herum er
soll doch selber sehen wie er den Fraß
wegbekommt. Dannach begann erst recht der
Ärger. Man rief die Polizei. Und die kam auch
und so mußte er den ganzen Schmutz
entfernen. Wütend wie er war nahm er das
Schnitzel
und warf es auf die Strasse. Gleich kam des
Nachbars Hund und wollte es auffressen, aber
er
nicht mal er konnte es fressen. Jaulend lief er
dann an dem Schnitzel vorbei. Jetzt kann ich
mir denken warum der Mann sich weigerte das
Schnitzel zu essen. Er wurde verwarnt wenn er
das nochmal macht würde er eine Anzeige
bekommen. Ein paar Tage gab es Ruhe dann
kam die Frau zu uns und sagte ob ich wohl so
nett wäre ihr ein Bügeleisen zu leihen. Ich gab
es ihr. Sie sagte ihr Mann hätte einen
Vorstelltermin am heutigen Tag aber sie hätte
keine saubere Hose mehr nur die eine Hose wo
die Knie völlig durchgewetzt wären. Und was
wollen Sie jetzt tun fragte ich sie. Sie antwortete
ich nehme die Aufbügelherzchen und bügele
sie auf die Knie von der Hose dann sind die
Löcher zu. Genauso tat sie. Ich konnte es
kaum erwarten daß zu sehen. Jetzt ging die
Tür auf und der Mann kam aus der Wohnung
und ging tatsächlich mit den knallroten
Herzchen sie sie aufgebügelt hatte auf die
Strasse.
Wir alle im Haus beobachteten das und
konnten ga nicht aufhören zu lachen. Der Mann

machte sich gar nichts daraus. Ich erfuhr nur das er die Arbeit nicht bekommen hätte.

Man warf ihn aus der Firma mit den Worten er soll erst mal lernen sich anzuziehen.

Als sie den nächsten Tag zu mir kam wollte sie das ich ihr ein bischen Gummi gebe.

Ich fragte für was denn ? Sie sagte sie müsse ein paar Strümpfe stopfen. Ich fragte mit Gummi ? Das müssen Sie mir mal zeigen. ! Sie zeigte es mir. Sie nahm den Strumpf der ein großes Loch an der großen Fußzehe hatte und wickelte dann den Gummi stramm solange über das zusammengehaltene Loch bis es zu war. Dann machten sie eine Knoten und so war es für sie gestopft. Ich dachte mir der arme Mann. Er muß doch blaue Fu?zehe haben wenn er nach Hause kommt mit solchen Socken die mit Gummi zusammengedreht waren.

Und tatsächlich, als er mal Abends nach Hause kam hatte er ganz blaue Fußzehe vom eingequetschtem Fußzeh.Ich dahcte mir das muß doch drücken und schmerzen. Der Mann konnte drei Tage nicht richtig laufen weil er Blutergüsse an beiden Zehen hatte.

Eines Abend s haben wir Krach im Treppenhaus gehört. jemand bollerte an einer Tür und Brüllte lass mich gefälligst rein mach die Tür auf. Da ging ein Stock höher die Tür auf und rief herunter komm hoch Du bist an der falschen Wohnungstür. Es stellte sich heraus das der Mann völlig betrunken war.Die Nachbarn hatten Angst Die Tür zu öffnen. Als die Frau dann am nächsten Tag zu uns kam

sagte sie ob ich nicht wissen würde was man machen könnte damit er nicht mehr trinken gehen könnte. Versuch es doch noch mal mit Rizinus Öl. .Das mache ich sagte sie. Sie füllte die ganze Flasche in das Essen von ihm. Und er aß wieder
brav alles auf. Danach wollte er wieder trinken gehen aber diesmal hahhten die Natürlichen Umstände es verhindert und so hatte die Frau wieder einmal einen Tag Ruhe weil der Mann bis zum nächsten Tag auf der Toilette saß.
Ein paar Tage vergingen da hörten wir Nachts ein Getöse mit lauter Stimme. Es kam wohl aus einem Megaphon. Der Mann unter uns brüllte in das Megaphon die Ordinärsten Ausdrücke die ich hier nicht nennen kann.Er Brüllte solange herum bis die Polizei kam
Sie fragten ihn wütend wissen Sie nicht wieviel Uhr es ist. Da sagte der Mann es ist vier Uhr Morgens warum wollen Sie denn das wissen. Die Polizisten fanden keine Worte mehr und nahmen ihn mit weil er betrunken war und die Leute belästigte. Als er am nächsten Tag
wieder zu Hause war kam er zu mir und fragte ob ich ihm helfen würde eine Anonnce in die Zeitung zu setzen. Ja sagte ich was soll ich denn reinsetzen ?Er sagte ich will unsere Couch
verkaufen da liegt man nicht mehr so gut darauf ich brauche eine neue. Ich muß ja darauf schlafen. Und so annoncierte ich Luxusschlafcouch zu verkaufen. Ich kannte die Couch

sie war hinten voller Löcher und durchgesessen.Sie war keinen Pfennig mehr Wert.

Trotzdem hatten sie Glück sie haben die Couch für einen sehr guten Preis verkauft. Aber die Leute die sich kauften haben nicht gesehen wie sie hinten aussah. Und so ging sie als Luxuscouch an den nichtsahnenden Käufer.

Ein paar Tage später kam er zu mir und fragte mich wo man einen Boxsack, Trainingssack her bekommt. Ihc sagte den müssen Sie sich in einem Versandhaus bestellen nehme ich mal an. Er bestellte sich auch einen großen Boxsack. Als dieser da war hörte man bohren und schrauben. Und dann spät in der Nacht gab es Schläge. Wieder holte man die Polizei,diese zeigten sich recht wütend das sie andauernd hier her kommen mußten um für Ruhe zu sorgen

und kaum das die Polizei weg war ging es wieder los mit der Polterei. Sie kamen wieder udn fragten böse wo er den Boxsack hat. Der Mann sagte er hängt hier im Wohnzimmer an der Decke wo er auch hingehört schließlich will ich Boxer werden da muß ich auch üben können

Tagsüber sitzt meine Frau ja hier im Wohnzimmer und sieht fern da kann ich doch nicht üben. Also mache ich es wenn sie schläft. Die Ehefrau kam aus dem Zimmer und man fragte sie können Sie das hier nicht abstellen er ist doch ihr Mann. Sie stören die ganzen Leute hier in Haus zu nächtlicher Ruhe. Sie sagte naja ich werde auf ihn aufpassen ich habe ja im Moment keine Arbeit wissen Sie ich bin Fotomodell ohne Job. Die Polizisten lachten und sagten dann. Jetzt ist aber schluss wenn wir noch einmal kommen müssen gehenSie beide

bei uns schlafen dort ist zwangsruhe angesagt. Die Frau wog mindestens 2 Zentner und trachtete immer wieder ein Fotomodell zu werden. Sie hatte Kleidergröße 62 und mehr. Immer wieder versuchte sie abzunehmen damit sie bald ein gutes Model werden könnte aber sie schaffte es nie. Denn sie ass alles was sie nur in sich reinstopfen konnte.

Der Mann kam wieder auf eine neue   Idee.

Er sagte zu uns er wolle selber seinen Alkohol machen das wäre billiger als sich Schnaps zu kaufen. Wir warnten ihn und sagten hier im Haus wird kein Schnaps gebrannt. Er sagte keine Angst ich habe eine Garage von einem Freund. Als wir in den Keller gehen mußten rochen wir schon den Geruch von Alkohol der bis in die obersten Etagen ging.Er hatte uns belogen.   Einmal war ihm tatsächlich etwas gelungen. Wie man Schnaps brennt das wußte er. Er lagerte die Flaschen in seinem Keller

mit einer Decke überzogen die den Geruch mindern sollte. Aber es kam doch durch. Wir nahmen uns vor die Leute zu beobachten. Als es spät in der Nacht war sahen wir das mehere

Männer in die Wohnung gingen die unter uns wohnten. Sie hatten Tüten und Taschen voller Schnapsflaschen dabei. Als sie die Tüten ausgelehrt hatten gingen sie wieder in den Keller und holten noch mehr Schnapsflaschen. Ich glaube mittlerweile mußten die doch die halbe Wohnung voller Flaschen haben. Dann fingen sie an zu feiern.Als sie genug hatten und alle betrunken waren ging der Krach schon wieder los. Wieder kam die Polizei. Diesmal nahmen sie ihn mit. Und seine Freunde auch. Sie fanden 598 Flaschen selbstgebrannten Schnaps.

Dafür wurde er verurteilt. Sie haben auch dann ihre Wohnung gekündigt bekommen.

Danach sind sie doch tatsächlich in das selbe Wohnhaus gezogen wie meine Familie und ich.

Als wieder einigermaßen Ruhe im Haus war kam er eines Morgens zu uns und fragte ob es schwer wäre einen Führerschein zu machen. Ich dachte oje der wird doch nicht. ...

Aber er meldete sich tatsächlich an den Führerschein zu machen. Er versuchte es doch es gelang ihm nicht. Wo er das Geld her hatte weiß ich nicht. Bis wir eines Tages mal dahinterkamen, er verkaufte den Schnaps weiter den er auch schön weiter heimlich brannte.

Diesmal hatte er wirklich eine Garage gemietet für ein paar Euro.

Am nächsten Tag kam die Frau zu uns und erzählte mir das sie heute hohen Besuch bekäme

Ich fragte. ..So wer kommt denn zu Euch..Sie sagte unsere Eltern.Sie kommen aus dem Spessart dort hätten sie ein eigenes Haus. Naja dachte ich mir es kann ja sein das sie ganz in Ordnung sind. Aber da wußte ich nicht wer die Leute waren. Kurz gesagt Hotten Totten waren noch harmlos gegen diese Leute. Die Mutter von der Frau war so Dick das sie nur schnaufen mußte wenn sie nur einen Schritt tat.Sie Qualmte wie ein Schlot eine Zigarette nach der anderen. Und in der anderen Hand hatte sie eine Tüte Süßigkeiten aller Art vollgestopft bis oben hin. Der Mann war so dünn das man meinen könnte er müsse acht geben das er nicht bei Regen in den Kanaldeckel rutscht. Ich habe noch nie so einen dünnen Mann gesehen. Die Mutter rief ihren Mann Ottokar komm mach dieses und Ottokar mach jenes. Nun konnte ich verstehen warum der arme Mann so dünn war.Sie blieben ein paar Tage da. Man hörte gekicher bis in die Nacht. Sie feierten anscheinend rund um die Uhr.
Sie hatte die Angewohnheit bis Nachmittag zu schlafen während der arme Ehemann das Essen kochen mußte aufräumen und sich um den ganzen Haushalt kümmern. Am Nachmittag
hörten wir es durch das ganze Haus brüllen. .Hey wo bleibt mein Frühstück. Als er ihr mit zittrigen Händen das Frühstück bringen wollte rutschte er auf dem frisch geputzten Boden aus und das Brötchen flog in Ihr Bett. Der Kaffee ergoß sich über die Decke.Sie war so erbost

das sie aufschrie und wie eine wandelnde Tonne aus dem Bett rannte. Wutentbrannt
ging sie mit einer Pfanne auf ihn los. Er rannte die Treppen herunter und weg war er.

Es wurde Abend da klopfte die Polizei bei den merkwürdigen Nachbarn an. Sie wollten die Ehefrau sprechen die inzwischen auf der Couch lag und schlief. Ihre Tochter weckte sie.

Als sie zur Tür watschelte sagte die Polizei sie müssten ihr eine traurige Nachricht überbringen. Ihr Mann wäre vom dreierbrett der Schwimmbades gesprungen und hat sich dabei schwer verletzt. Er ist nun im Krankenhaus auf der Intensivstation.Sie sagte wieso
denn er ist doch ein sehr guter Schwimmer. ..Der Polizist sagte es war kein Wasser im Becken. Mit eingekniffenem Lächeln sagte der Polizist er war völlig betrunken. Wir wollten Ihnen das nur mitteilen. Als die Polizei wieder ging fing die Frau an zu rasen vor Wut.

Sie dachte überhaupt nicht daran das ihr Mann verletzt sei sondern das er sich erlaubte sich zu betrinken ohne sie um Erlaubnis zu fragen. Das einzige was man hörte ist. ..Na der kann was erleben. .

So viel zu meinen Erlebnissen in den letzten Jahren..

Wie man sieht gibt es wirklich schlimmeres als Flodders...Oder ?

Ende

Herstellung und Verlag:

BoD – Books on Demand, Norderstedt

Bibliografische Information der Deutschen
Nationalbibliothek:

Die Deutsche Nationalbibliothek verzeichnet diese
Publikation in der Deutschen Nationalbibliografie;
detaillierte bibliografische Daten sind im Internet über
http://dnb.dnb.de abrufbar.

ISBN: 978-3-7386-5694-7